ÉCOLE SAINT-LOUIS
Classe R
No. 20091
Hearst, Ontario

Mise en couleurs d'Alexis Ferrier

Supplément réalisé avec la collaboration
de Dominique Boutel et Anne Panzani

ISBN : 2-07-051780-2
© Éditions Gallimard Jeunesse, 1996, pour le texte et les illustrations
© Éditions Gallimard Jeunesse, 1998, pour la présente édition
Loi n° 49-956 du 16 juillet 1949 sur les publications
destinées à la jeunesse
Numéro d'édition : 87359
Premier dépôt légal : mai 1996
Dépôt légal : mai 1998
Imprimé en Italie par La Editoriale Libraria

Les aventures de la famille Motordu

Pef

ECOLE SAINT-LOUIS
Classe R
No 20091
Hearst, Ontario

GALLIMARD JEUNESSE

AVEC...

« Le Prince de Motordu... »

La Princesse Dézécolle

Marie-Parlotte

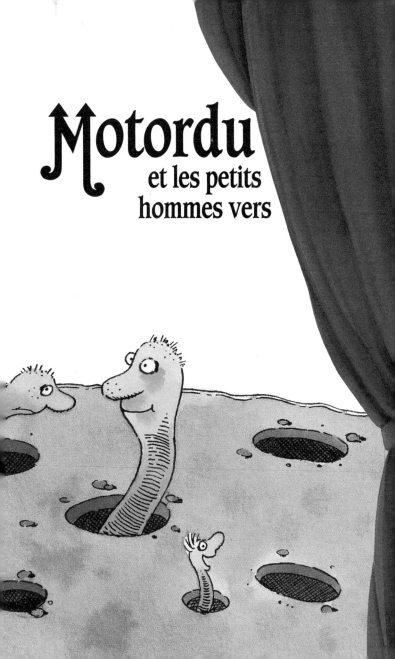

Motordu
et les petits hommes vers

Mots tordus
mots tordus,
petits trous de langage
bleues déchirures des nuages
mots tordus,
mots tordus,
à jamais décousus…

Comme ils n'avaient pas vu leur père depuis quwelques jours, Marie-Parlotte et le petit Nid-de-Koala s'en émurent auprès de leur mère, la Princesse Dézécolle.

– On veut boire papa goutte que goutte ! supplièrent-ils.

– Mes chairs d'enfants, répondit la Princesse, je ne peux rien vous dire. Il s'agit d'un grand projet secret !

– Mais encore...

– Impossible, insista leur maman. Le Prince de Motordu est ambition !

Du coup, Marie-Parlotte et Nid-de-Koala se montrèrent bien désagréables dans l'heure qui suivit. Ils allèrent même jusqu'à dévisser une lente poule électrique !

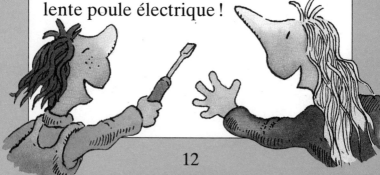

De guerre lasse la Princesse Dézécolle les prit sur ses jeunes houx :

– Votre père, avoua-t-elle, est parti sans traîner !

– Il va participer aux jeux d'eaux limpides ?

– Il va sauter à la berge ?

– Pas du tout, le Prince de Motordu n'est pas un champignon olympique.

Écoutez-moi ! Votre père a été choisi pour être le premier homme à explorer le système scolaire !

– C'est quoi ?
demanda le petit
Nid-de-Koala.

– Eh bien, répondit la toujours traîtresse Dézécolle, tout ce qu'on apprend à l'école sur l'espace : étoiles, planètes, gommettes…

A des centaines de kilomètres de là le Prince de Motordu subissait un entraînement intensif.

Il avait appris à piloter un avion à récréation grâce auquel il faisait mille et mille pirouettes à des milliers de mètres d'attitude.

On lui essayait différents modèles de combines-maison spatiales pour vivre comme chez lui, si loin de son chapeau.

Astronomes et ingénieurs lui faisaient apprendre par cœur la tarte du
ciel.

Pour résister au soleil ils le pri-
vaient ensuite de lit. Ou bien des
docteurs se livraient sur lui à des
tests en Durance.

Ils le faisaient ramer de tout son
cœur dans ce fleuve afin d'étudier
son rythme kayak.

Et le jour vint où le Prince de Motordu fut prêt à voyager en musée car on avait disposé à l'intérieur de son engin des peintures, des statues et des échantillons de la planète pour les présenter à des civilisations extra-terrestres.

– Alors, il va peut-être rencontrer des petits hommes vers de la planète Mars,

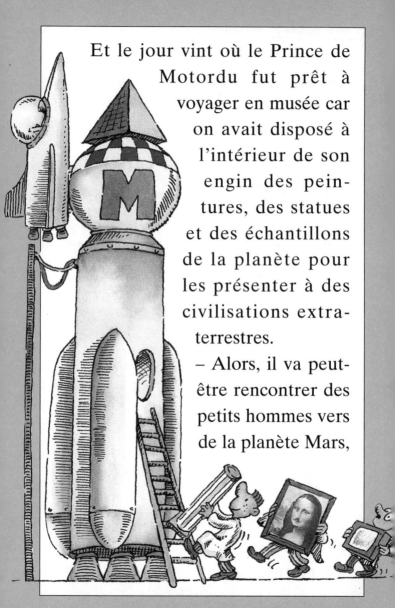

hasarda le petit Nid-de-Koala qui,
avec sa sœur et sa maman, avait
rejoint la base d'envol.

Il y avait beaucoup de journalistes
de radis hauts et de télé-fiction pour
recueillir les ultimes paroles du
héros.

Le Prince de Motordu fit une
courte déclaration :

– Je suis bien content de partir mais
je serai bientôt de retour pour voir
tousser mes salades ! J'embarrasse

très fort mon épouse et mes doux enfants car, là-haut, les moments d'ange heureux comportent aussi des risques !

Une heure plus tard l'engin spécial du Prince avait disparu dans la fumée et le fruit !

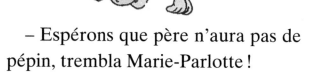

– Espérons que père n'aura pas de pépin, trembla Marie-Parlotte !

Vue de si loin la planète Terre devint vite une poule bleue.

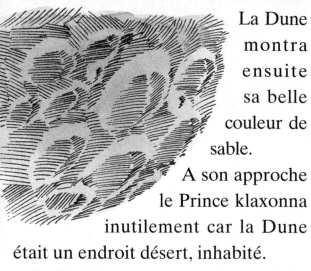 La Dune montra ensuite sa belle couleur de sable.

A son approche le Prince klaxonna inutilement car la Dune était un endroit désert, inhabité.

Le Prince-astronaute fut soudain arraché à sa rêverie :

– Direction Mars, ordonnait l'ordinateur de porc en grognant.

L'engin modifia sa route, évitant de justesse une gommette qui semblait vouloir se coller à lui.

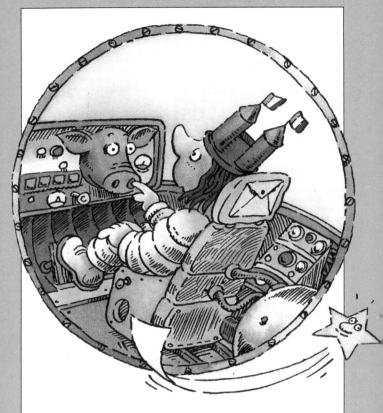

Quelques étoiles huilantes glissaient
en silence le long de la voie nacrée.

Motordu prit des photos de Jules Peter et de la planète Veine-nue, astres perdus dans l'immensité comme des aiguilles dans une botte de loin !

– Que c'est beau, que c'est beau, ne cessait de noter le Prince dans son carne de voûte céleste.

Après des mignons et des mignons de kilomètres l'ordinateur fit savoir au Prince que son vaisseau approchait à toute vitesse de la planète Mars.

et ça tourne! M.

– Pourrai-je me poser facilement ? questionna le pilote. Comment est le sol ?

– Plat-net-aucun-danger ! assura l'ordinateur.

L'engin toucha la surface inconnue et Motordu enfila sa combine-maison pour aller se dégourdir les jambes.

La planète Mars était pleine de trous d'où sortirent aussitôt une multitude de petits hommes vers qui se présentèrent à lui :

– Je suis le ver Tige, lui dit le premier, d'un air penché.

– Moi, le petit ver Mi-sot, dit le second qui avait l'air à moitié bête.

– Et moi, on m'appelle le ver Noël !

Le Prince lui remit un cadeau, ce qui ravit ce ver luisant de toutes ses étoiles.

Motordu ne pouvait saluer tout le monde mais soudain on l'interpella :

– C'est à vous le véhicule ?

– Mais oui, pourquoi ?

– Je suis le ver Balisé, il ne faut pas stationner ici !

– Soyez gentil, supplia le Prince, je viens de si loin, de la planète Terre !

– C'est où, ce trou-là ? demandèrent en chœur les petits hommes vers.

– A quelques fanées lumière, répondit Motordu en désignant la noirceur à la foule céleste.

– Vous habitez aussi dans des trous ? demanda le ver Tèbre en se grattant le dos.

– Presque, répondit le Prince, j'habite dans un chapeau. C'est une sorte de trou dans lequel on enfile sa tête, seulement sa tête !

Les petits hommes vers se montrèrent assez déçus mais ils acceptèrent une petite visite du musée.

Le ver Millon admira les couleurs rouges des tableaux.

Le ver Dure contempla les échantillons des feuilles et le ver G... goûta toutes sortes de poires.

– Il n'y a rien de trou cela ici, se lamentèrent les Martiens. Et pourtant on cherche, on creuse, on creuse !

– Il vaut mieux vous creuser la tête, proposa le voyageur. Nous, sur la Terre, c'est ce qu'on sait faire de mieux !

31

Le Prince avait pensé à tout. Avant de repartir il offrit à ses nouveaux amis quelques trous de souris et un trou dans son emploi du temps.

– Bon voyage, lui souhaita le ver A-Soie. Passez-moi un coup de fil dès votre arrivée.

De retour sur Terre, le Prince fut accueilli en héros mais il fut incapable de raconter la moindre anecdote :

– Je crois que j'ai un trou de mémoire ! confia-t-il.

En fait, il ne disait pas la vérité.

Il préféra conter ses exploits à sa seule famille devant un bon vieux de bois.

– Encore des histoires de petits hommes vers ! insistaient ses enfants.

– Celle du ver Moulu, ou celle du ver Micelle ?

– Non, celle du ver Laine, qui tricotait de si jolies poésies !

Et quelque part là-haut, peut-être, les Martiens entendaient-ils le Prince de Motordu parler en vers dans le bruit des étincelles…

Né en 1939, fils de maîtresse d'école, Pef a vécu toute son enfance enfermé dans diverses cours de récréation. Il a appris à lire tout seul mais il lui a fallu un professeur pour apprendre à jouer du violon. N'ayant pu être pilote d'avion ou champion du monde des conducteurs, il a pratiqué divers métiers : journaliste, essayeur de voitures de course, responsable de la vente de parfums pour dames. Ses premiers dessins lui ont valu de ne pas partir risquer sa vie pendant la guerre d'Algérie car il a été réformé pour idiotie mentale. A trente-huit ans et deux enfants, il dédie son premier livre *Moi, ma grand-mère* à la sienne qui se demande quand son petit-fils sera enfin sérieux. Apparemment jamais ! Du coup, Pef décide de devenir auteur-illustrateur à peur entière, car il a le trac. Il invente, en 1980, le personnage du Prince de Motordu, se régale avec *Le Monstre poilu,* écrit par Henriette Bichonnier, fait parler les petites bêtes dans *Rendez-moi mes poux,* ou fait enrager les vrais poètes avec *Attrapoèmes.* Avec la complicité d'Alain Serres, il a créé son premier dessin animé *Les Pastagums* dont les héros sont évidemment… des enfants. Pef parcourt le monde entier à la recherche des glaçons et des billes de toutes les couleurs, de la Guyane à la Nouvelle-Calédonie, en passant par le Québec ou le Liban. Chaque matin du trente-six du mois, Pef court sur les chemins de sa campagne, discute avec les alouettes, les crottes de lapin et les fossiles des Yvelines. Pour se reposer, il poursuit sa collection de maquettes de voitures de sport ou écrit de nouvelles histoires. Comme les couleurs sont difficiles à dompter c'est Geneviève, son épouse, ou Alexis, son fils, qui se chargent de les étaler sur ses dessins. Ses meilleurs amis sont le vent, les nuages et trois petites étoiles qu'il est le seul à connaître.

Motordu
et les petits
hommes vers

Supplément illustré

Test

Imagine que tu as été sélectionné comme le Prince de Motordu pour faire un grand voyage dans l'espace. Comment te comporterais-tu dans une telle aventure ? Pour le savoir, choisis pour chaque question la réponse que tu préfères et reporte-toi ensuite à la page des solutions. *(Réponses page 44)*

1 Tu penses que tu as été choisi :
- ■ pour tes connaissances scientifiques
- ▲ pour ta passion et ta curiosité
- ● pour ta résistance et ta bonne santé

2 Les tests d'entraînements :
- ▲ tu aimerais mieux t'en passer
- ■ c'est une préparation nécessaire
- ● c'est une chance de plus

3 Tu aimerais une destination :
- ● la plus lointaine possible
- ■ la plus intéressante possible

▲ la plus belle possible

4 <u>On t'autorise à emporter un objet personnel :</u>

▲ une photo de ta famille

● ton couteau fétiche

■ ton ordinateur de poche

5 <u>Ton rêve serait :</u>

● d'établir un record

▲ de rencontrer des extra-terrestres

■ de faire une découverte fabuleuse

6 <u>Partir dans l'espace, c'est :</u>

■ le résultat d'un long travail

● la plus belle des aventures

▲ un rêve qui se réalise

7 <u>Tu espères que l'équipage sera :</u>

■ compétent

▲ sympathique

● dynamique

8 <u>Tu souhaites revenir avec :</u>

■ des résultats à travailler pendant des mois

● des notes et des photos pour écrire un livre

▲ des souvenirs plein la tête

9 <u>Un voyage dans l'espace, c'est :</u>

■ une aventure scientifique

● une exploration des temps modernes

▲ une promenade dans les étoiles

Informations

■ L'entraînement des astronautes ■

Le Prince de Motordu a beaucoup de chance d'avoir été choisi pour un voyage dans l'espace. Les candidats sont très nombreux mais la sélection est rude !
Il faut d'abord avoir une excellente santé et une bonne résistance à l'effort.
Il n'est pas question de tomber malade pendant un vol ! Il faut aussi avoir bon caractère afin de s'entendre avec l'équipe, faire preuve de sang froid et d'esprit de décision.
Une fois sélectionné, le candidat va subir une longue période de préparation. Il va devoir s'entraîner à réaliser sur Terre toutes les expériences et les manœuvres qu'il aura à exécuter dans l'espace.
Pour cela il lui faut d'abord s'habituer à l'état d'impesanteur. Dans l'espace il n'y a plus ni haut ni bas, les objets et les corps n'ont plus de poids. Cette impression de flottement donne

mal au cœur, c'est le « mal de l'espace ». Pour s'habituer avant de partir, les astronautes sont attachés, les yeux bandés, à des tabourets qui tournent sur eux-mêmes à très grande vitesse. Ils s'entraînent aussi sous l'eau avec un scaphandre à sortir de la station orbitale comme ils le feront dans l'espace. Les stages de survie font aussi partie du programme. Le futur astronaute doit se montrer capable d'affronter les grands froids ou les grosses chaleurs, de rester très longtemps éveillé et de se nourrir dans n'importe quelles conditions. Il doit pouvoir inventer des solutions à tous les problèmes en gardant son calme. La préparation technique et scientifique est évidemment très importante. Les apprentis astronautes sont des pilotes et des ingénieurs de très haut niveau. Ils participent, avec l'équipe de scientifiques qui travaillent sur la mission, à l'élaboration de toutes les expériences. Mais comment le Prince de Motordu a-t-il été choisi pour partir dans l'espace ? Grâce à son sens de l'humour probablement !

Jeux

■ La tarte du ciel ■

Le Prince de Motordu a tenté de dessiner
la tarte du ciel pour son petit glaçon et
sa petite bille.
Colorie chaque étoile
correspondant à la réponse qui
te paraît exacte et tu
verras apparaître celle qu'on
appelle la Grande Ourse !
(Réponses page 44)

1. Le Prince de Motordu va :
participer aux jeux eaux limpides   C1
explorer le système scolaire   A1

2. Pour aller dans l'espace il prend :
un musée   B2
un avion à récréation   E3

3. Le Prince prend des photos :
des gommettes et des
                        étoiles   B4
        de Jules Peter et
        de Veine-nue   C3

4. En arrivant sur Mars, le Prince voit aussitôt :
une multitude de petits hommes vers   D4
des aiguilles dans une botte de loin   C5

5. Celui qui goûte des poires s'appelle
le ver G   D6
le ver Millon   E5

6. Avant de partir le Prince offre
à ses amis :
des vers   A6
des trous   F4

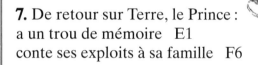

7. De retour sur Terre, le Prince :
a un trou de mémoire   E1
conte ses exploits à sa famille   F6

	A	B	C	D	E	F
1	✡	✡	✡	✡	✡	✡
2	✡	✡	✡	✡	✡	✡
3	✡	✡	✡	✡	✡	✡
4	✡	✡	✡	✡	✡	✡
5	✡	✡	✡	✡	✡	✡
6	✡	✡	✡	✡	✡	✡

Réponses

pages 38 et 39

Compte les ●, les ▲ et les ■ que tu as obtenus.
– Si tu as plus de ●, la conquête de
l'espace est pour toi la plus complète des
aventures. Tu ne crains pas l'inconnu, au
contraire !
Tu te sens prêt à affronter tous les dangers.
L'idée d'être le premier homme à mettre le pied
sur une planète te fascine et te fait rêver. Peut-
être pourras-tu un jour réaliser ton rêve !
– Si tu as plus de ▲, poète et rêveur, tu as la tête
dans les étoiles. Comètes, planètes, étoiles et
galaxies sont des mots qui te font rêver. Peut-
être vaut-il mieux que tu gardes ce voyage dans
tes songes car tu serais déçu par l'aspect
technique et scientifique d'un tel voyage.
– Si tu as plus de ■, tu es l'astronaute
scientifique par excellence. Ce qui t'intéresse
c'est la technique et les progrès de la
science. Tu es passionné par les
expériences et l'espace t'apporte un nouveau
champ d'action plein de promesses.

pages 42 et 43

A. 1 - B. 2 - C. 3 - D. 4 - D. 6 - F. 4 - F. 6

LA BIBLIOTHÈQUE
DU PRINCE DE MOTORDU

La belle lisse poire du Prince de Motordu
n°37
Il était une fois un Prince qui habitait dans un chapeau. Ses parents lui conseillant de se marier, il rencontrera une belle flamme, la toute jeune Princesse Dézécolle.

Le dictionnaire des Mots tordus
n°192
« Une écharde est une pièce d'étoffe qu'on se met autour du clou quand il fait un froid piquant. » Les mots tordus sont une vraie langue. Ils avaient besoin d'un dictionnaire à se tordre… de rire !

Les belles lisses poires de France
n°216
« Le roi Louis Chaise ayant trop fait la fête, on lui supprima son trône. » De Jules lézard aux présidents de la Paix Publique, toute l'histoire de France en mots tordus !

L'ivre de français
n°246
« Je fume… tu fumes… il fume… nous toussons… vous toussez… ils s'arrêtent de fumer ! »

Conjugaisons, poésies, apprentissage du langage. Un litre d'école à avaler d'un coup.

Le livre de nattes
n°240

Les fables de multiplication, les opérations, les problèmes n'auront plus de secret pour les glaçons et les petites billes parlant couramment en mots tordus !

Leçons de géoravie
n°291

La Princesse Dézécolle, sa classe et le Prince de Motordu sillonnent la France pour en étudier les flemmes et les bonds d'âne. Arriveront-ils au bord de la mer à mariée haute ou à mariée basse ?

Cours de silence naturel
n°292

Remplaçant provisoirement son épouse auprès de ses élèves, le Prince de Motordu prétend qu'en chacun de nous tout n'est qu'or humain. S'adresse-t-il au cerceau ou au beurre de ses auditeurs ?

Motordu et le fantôme du chapeau
n°332

Une nuit, la Princesse Dézécolle entend des poux dans le mur... Marie-Parlotte et Nid-de-Koala feront-ils enfin la connaissance de leur ancêtre ?

Motordu a pâle au ventre
n°330
Le diagnostic du docteur est formel : lapin dix huîtres ! Le Prince de Motordu sera opéré. Mais son glaçon et sa bille auront-ils le droit de lui rendre visite à l'hôpital ?

Motordu champignon olympique
n°335
Lancer du manteau, saut en moteur, mare à thons… Le Prince participe aux jeux Olympiques. Marie-Parlotte et Nid-de-Koala se gaveront-ils de mets d'ail ?

Motordu au pas, au trot, au gras dos
n°333
Le Prince et la Princesse Dézécolle offrent une jument à leurs enfants Marie-Parlotte et Nid-de-Koala. « Belle-Chic », tel est son nom, ira où bon lui semble même sur un champ de bourse !

Motordu sur la Botte d'Azur
n°331
Mer ou montagne ? Les balances y sont différentes. Mais au bord de la mer, Marie-Parlotte et Nid-de-Koala apprendront au moins à pêcher à la vigne.

Motordu est le frère Noël
n°335
En pleine nuit on frappe à la porte du chapeau. Le père Noël est en panne ! Aussitôt, le Prince répare le traîneau et devient ainsi le frère Noël.

Motordu et son père Hoquet
n°337
Motordu s'est fait offrir un père hoquet qui fait énormément de bêtes hips. Mais le volatile s'évade et toute la famille se lance à sa poursuite. Celle-ci s'achèvera par une visite du zoo...

Motordu as à la télé
n°336
Le Prince de Motordu, lauréat du grand prix de l'Académique franche chaise est invité à la télé ! Mais Marie-Parlotte et le petit Nid-de-Koala empêcheront-ils leur père de tordre le petit monde télévisuel ?